LOUIS CHALMETON
adémies de Clerment et du Gard

A CEUX

QUI ONT

RENIÉ LEUR MÈRE

CLERMONT-FERRAND
DUCROS-PARIS, LIBRAIRE-ÉDITEUR
Rue Saint-Genès, n° 5

1871

Y

A CEUX

QUI ONT

RENIÉ LEUR MÈRE

DU MEME AUTEUR :

THÉATRE.

Une Bonne Fortune, comédie en deux actes et en vers.
Entre Mari et Femme, bluette en un acte et en vers.
La Carte de visite, comédie en trois actes et en vers.
Une Ruse de Femme, comédie en trois actes et en vers.
Qui se ressemble s'assemble, proverbe en un acte et en vers.
Il ne faut jamais dire Fontaine...., proverbe en un acte et en vers.
Pour et Contre, prologue en un acte et en vers.
Il ne faut pas courir deux... veuves à la fois, comédie-proverbe en un acte et en vers.

POÉSIES.

Heures de loisir, un volume in-18.
Isolements, un volume in-18.
La Mission du poète, une brochure in-18.
Pages d'Histoire,
Stances et Sonnets,} une brochure in-18.

ÉCONOMIE.

De l'Unité économique et politique en Europe brochure in-18.

LOUIS CHALMETON

Des Académies de Clermont et du Gard

A CEUX

QUI ONT

RENIÉ LEUR MÈRE

CLERMONT-FERRAND

DUCROS-PARIS, LIBRAIRE-ÉDITEUR

Rue Saint-Genès, n° 5

1871

à

Victor Hugo,

Eugène Pelletan,

Edgar Quinet,

Louis Blanc,

TÉMOIGNAGE DE RECONNAISSANCE.

CONSIDÉRATIONS PRÉALABLES.

Calomnier notre grand passé révolutionnaire est de mode aujourd'hui; et ceux-là même qui devraient, au moins par pudeur, garder le silence à son endroit, sont les premiers à le stigmatiser.

C'est à cette ingratitude, à ce manque de mémoire et à cette maladresse, que l'auteur a tâché de répondre.

Il s'est efforcé de faire passer dans ses vers, tout son cœur, toute son âme, toutes ses convictions.

Certains hommes y sont vantés.

Serait-il, en effet, bienséant de les juger d'une manière absolue, abstraction faite de l'idée féconde propagée par eux au sacrifice de leur vie, — ils sont tous morts à la tâche — et au péril de leur mémoire ?

Faudrait-il leur appliquer le *criterium* azuré des temps de calme et de sécurité ?

Ces grands rédempteurs n'étaient-il pas, après tout, et

au nom de l'humanité, dans un cas de légitime défense?

C'est à ce point de vue que s'est placé l'auteur de ce travail.

Il maudit en principe toutes les sombres époques qualifiées de *Terreurs;* mais les moyens sanglants ne sont-ils pas quelquefois une nécessité cruelle, et, dans l'espèce; ne fallait-il pas sauver la France et avec elle la *Révolution* dont nous sommes tous les bénéficiaires?

Si oui ; et c'est incontestable, la vigueur de la défense ne devait-elle pas être mise en rapport avec celle de l'attaque?

Le droit ne pouvait-il pas se montrer exigeant après avoir été si longtemps méconnu?

Tous les grands martyrs de la justice et de la vérité ne criaient-ils pas vengeance?

Et pour en finir avec les insulteurs de la *Révolution française* à propos du sang répandu par elle, ne pourrait-on pas leur répondre en s'appuyant sur l'histoire :

Eh bien! mesurons!

—

L'auteur de ces vers a eu l'honneur de les communiquer à *Victor Hugo, Eugène Pelletan, Edgard Quinet* et *Louis Blanc* dont il tient les précieux encouragements qui suivent.

Haute-Ville House, 5 novembre 65.

« Vous êtes pleinement dans le juste et dans le vrai, et » votre inspiration est excellente. Je lis, Monsieur, votre

» poëme avec une vive sympathie. Défendre la Révolu-
» tion, c'est défendre notre mère.

   » Croyez à mes meilleurs sentiments.

                » Victor Hugo. »

              —

   « Non, mon cher poète, je ne vous félicite pas de vos
» vers; ils portent leur éloge avec eux-mêmes. Votre muse,
» c'est la Révolution en personne ; non la tricoteuse bar-
» bouillée de sang, mais la sibylle rayonnante des droits
» de l'homme et du citoyen. Vous avez, par moment, le fer
» chaud de Juvénal pour marquer au front les fils ingrats
» qui renient leur mère. Allez, cher inspiré, semez tou-
» jours aux vents vos strophes; elles fructifieront dans
» quelques âmes bien nées. Ce temps est triste, c'est le
» règne du fer; le monde n'en marche pas moins à la
» liberté. Je vous réponds tard et vite, le temps brûle,
» l'heure me dévore. Je reste toujours votre débiteur
» d'une photographie, mais je ne vous ferai pas banque-
» route. Une place à votre mur, est la place d'honneur
» qu'on choisirait.

   » Tout à vous.

           » Eugène Pelletan. »

  · 6 juillet 1866.

              —

             Genève, 27 avril 1866.

   « Monsieur,

» J'ai lu votre poëme, et je vous remercie des généreux
» sentiments qu'il renferme et qu'il suggère.

   » *Oui, l'on tuait toujours, toujours sans fin ni trêve.*

» C'est aux poëtes à enseigner la vérité par la pitié ;
» j'adjure les hommes jeunes de sortir des vieux systèmes
» aveugles, de revenir à la nature, à l'humanité.

» Qu'ils entrent dans cette voie qui paraît si simple !
» Tout deviendra nouveau en sortant des sophismes.

» Vous êtes bien digne de marcher dans ce chemin,
» osez y entrer hardiment ; c'est le chemin de notre siècle,
» courage !

» Recevez tous mes vœux les plus sincères.

» E. QUINET. »

Brighton, 13, Orientale place.
27 août 1870.

« Monsieur ,

» J'ai lu avec une vive sympathie les beaux vers que
» vous m'avez envoyés ; quant aux brochures, je les
» trouverai chez moi à mon retour de Brighton. Je n'ai
» ici aucun exemplaire de mon livre... mais je m'en
» procurerai un à mon arrivée à Londres et vous le
» recevrez.

» Agréez, Monsieur, mes remercîments et l'assurance
» de mes sentiments dévoués.

» Louis BLANC. »

Que ces quatre hommes veuillent bien accepter la
dédicace de cette œuvre, et y trouver la preuve publique
d'une profonde et respectueuse sympathie.

A CEUX

QUI ONT RENIÉ LEUR MÈRE

—————————

« Il se mit alors à faire des serments exécrables,
et à dire : *Je ne connais point cet homme !* »

(MATTH., chap. 26 et 27.)

I.

C'est à vous, renégats, que s'adresse ma rime !
Des grandeurs du moment vous occupez la cime,
Et vous calomniez la Révolution,
Terrain qui féconda votre élévation !
Je vous pardonnerais si vous aviez en poche
Les parchemins jaunis de votre ancienne roche,
Des armes, un blason, quelque vieux souvenir,
Hochets, par le *passé* transmis à *l'avenir !*
Mon vers serait muet, si votre noble histoire
Célébrait la valeur, les hauts faits et la gloire
De quelque grand aïeul, ayant à saint Louis
Dit : *De ta suite, ô Roi, de ta suite j'en suis !* (1)
Je vous épargnerais, si le royal Versaille
Avait compté l'un d'eux parmi la valetaille,
Essaim chamarré d'or, dont s'entourait le roi ;
Ou bien, si votre aïeule en abjurant la foi
Promise à votre aïeul, d'un brevet de maîtresse
Avait tiré, pour vous, ses quartiers de noblesse,

1

Et, sous l'ignoble éclat d'un titre de hasard,
Avait fardé sa honte et masqué le bâtard !
Du moins, un sang royal rougirait votre veine,
Et, tout honteux qu'il fût, je comprendrais sans peine
Le but de votre orgueil et sa prétention
A rendre illustre, en vous, la prostitution !

II.

Mais, pas même cela ! descendons à la glèbe
Où vos tristes parents formèrent cette plèbe
D'esclaves, de manants, de serfs, d'hommes au front
Plus bestial qu'humain et blasé sur l'affront,
Vil troupeau, dont toujours une main souveraine,
Sans trève, ni merci, faisait couler la veine,
Dont tout appartenait, et le sang et l'honneur,
Comme en pays conquis, à l'ordre du vainqueur !
Oui, conquis est le mot ; car, vous l'étiez mes maîtres !
Et, s'ils ressuscitaient, vos douloureux ancêtres
Vous montreraient leurs bras et la trace des fers
Dont ils furent chargés ; leurs jours, sombres enfers,
Ne furent que tourments, que poignantes misères,
Et la mort les surprit exhalant leurs colères !

III.

Non, vous ne fûtes rien par eux ; car, vil bétail,
Honteusement conduit, vendu sur un foirail
Aux yeux de leurs tyrans, ni leur fils, ni leur fille
Ne leur appartenaient ; le saint mot de famille
N'existait pas pour eux ; sous un joug oppresseur
Et leur âme et leur corps suaient le déshonneur !
Ces temps sont loin de vous ; mais, recueillez les larmes,
Supportez les efforts, frissonnez des alarmes
Qu'ont dû verser, tenter, éprouver vos aïeux
Pour vous léguer, ingrats, un sort moins odieux !

Le *serf* et le *vassal* ont remplacé l'esclave,
Le *bourgeois*, du *colon* a délié l'entrave,
Et le bourgeois, bientôt, sera le *citoyen!*
La loi, faite par tous, de tous est le lien,
Un niveau souverain n'épargne aucune tête,
Les armes, les blasons, signes de la conquête,
Sont effacés ; le Ciel proclame un mot nouveau
Qui rehausse l'échoppe, abaisse le château,
Fait qu'entre gentilhomme et roturier, et prêtre,
Toute inégalité va bientôt disparaître.
Car, l'homme racheté, pourra, désormais, voir
Briller, programme saint, les mots : *Droit* et *Devoir!*

IV.

Vos pères ont tout fait par le fer et l'idée ;
Par eux, vers l'avenir, l'humanité guidée,
Chassa la tyrannie et conquit le progrès,
Du fanatisme obscur dévoila les secrets,
Détruisit le donjon dont l'altière tourelle
Etait le nid sanglant, où, déployant son aile,
Un châtelain-vautour prenait l'oblique vol
Qui répandait le meurtre, et le deuil et le vol.
Tout abus est détruit par eux : lois féodales,
Droits caducs du seigneur, énormités fiscales,
Et la forme et le fond ; la féodalité
Disparaît sous le poids du mot de : *liberté,*
Et le monde, soudain, prend un juste équilibre,
Tout homme, quel qu'il soit, devient un homme libre,
Le privilége meurt devant l'*égalité,*
L'âme humaine est conquise à la *fraternité,*
Tout renaît à l'espoir, tout renaît à la vie,
...Vive *Quatre-vingt-neuf!*... Et la France ravie
Acclame vos aïeux qui, de leur forte main,
Ont vaillamment brisé les fers du genre humain !

V.

Et vous les reniez! Mais qu'êtes-vous, de grâce?
Faudrait-il donc creuser bien longtemps votre race
Pour y trouver le *pic*, la *lime*, le *niveau*,
Emblèmes d'un travail honorable et qui vaut
Mieux que vos faux blasons, immenses inutiles,
Orgueilleux qui couvrez de vos injures viles
Tous ces fiers ouvriers dont l'outil de labeur
A vous, leurs petits-fils, donne un titre d'honneur,
Bien plus vrai, croyez-moi, que les noms d'aventure
Dont vous avez sali votre illustre roture!
... Et, pour vous le prouver, ô manants, ô vilains,
Ecoutez! écoutez!

VI.

Voyez toutes ces mains
Se tendre vers *Bailly* : c'est le serment suprême
Prêté par vos aïeux, près de ce palais même,
Où résidait le Roi, que l'*insurrection*
Détrônait, en créant la *Révolution!*

VII.

D'où viennent ces clameurs d'un peuple qui fourmille?
Sous son puissant effort s'écroule la *Bastille*,
Et parmi ses débris il dansera demain. (2)
Voyez, pâle et fiévreux, un pistolet en main,
Camille, aux yeux voilés par d'extatiques larmes!
L'entendez-vous pousser ses divins cris d'alarmes
Et jeter vos aïeux, hors de Paris, là-bas,
Contre tous ces Germains, mercenaires soldats,
Défenseurs impuissants du géant séculaire
Que détruisit le peuple en un jour de colère!

VIII.

Louis seize, plus tard, violait son serment;
Ses frères conspiraient; ils hâtaient le moment

Où l'étranger vainqueur aurait à notre France
Vendu cher sa rançon et faussé la balance
Du poids de son épée, ainsi que tu le fis,
O Brennus, en disant ton fameux *Væ victis !*
Vos pères étaient là !
              Louis est à *Varenne*
Dénoncé, découvert ; un peuple entier l'entraîne,
Et Paris étonné reçoit son dernier roi
Humble, découronné, pâle, tremblant d'effroi,
Conduit par des Français, féaux sujets naguère,
Lui prodiguant les noms de sauveur et de père,
Mais qui, de leur vaincu craignant la trahison,
De son royal palais firent une prison (3)
Où vos aïeux veillaient !

IX.

              Du dix août la journée,
Pour frapper le grand coup, fut par eux désignée ;
Ils se ruèrent tous, et l'on vit leur drapeau
Victorieusement flotter sur le château
Que dévasta bientôt une foule en délire ;
Et, cédant aux transports que la vengeance inspire,
Le peuple, pour punir et *Bourbons* et *Valois*,
Ecrasa du talon *Louis seize* et *François !* (4)
Partout le sang, partout la mort ; sous la mitraille
Que vomit le canon, s'ébrèche la muraille ;
Dans le palais partout et l'angoisse et la peur !
Le roi, ses deux enfants, et sa femme et sa sœur
Vaincus, abandonnant une lutte inutile
Parmi les députés vont chercher un asile....
Et le rauque canon mêlait sa grande voix
A celles qui brisaient le dernier de vos rois !

X.

Louis est déposé ; mais, contre lui, la France
Voulait pousser plus loin encore sa vengeance ;
Il lui fallait sa mort !... Et par un jour d'hiver,
En face du jardin, en été dôme vert,
A cent pas du fatal palais des Tuileries,
Sur la place vouée à tant de tueries,
Vos aïeux effarés dressèrent l'instrument
Qu'on essayait alors et qui, de ce moment,
Sombre abattoir humain et pourvoyeur de tombes,
Devint l'autel public des rouges hécatombes !
Un jour, jour mémorable et si rempli d'effroi,
Une tête y tomba : c'était celle d'un roi !
Et vous, qu'elle a marqués d'un éternel stigmate,
Vous, les fils, des auteurs de cette triste date,
Prêtez, prêtez l'oreille à la voix du passé,
Qui vous dit : Dans ce sang votre or fut ramassé !
Non ?...

XI.

Mais, souvenez-vous, lisez mieux votre histoire,
Par elle éclairez donc votre peu de mémoire
Et vous y trouverez certainement que.... Tel.... (5)
.... Dont vous savez le nom, était maître d'hôtel
Chez monsieur le marquis ; que d'une baronie
Tel autre était fermier, expert en félonie,
Et qu'ils maudissaient tous la Révolution
Quand sa tonnante voix fit son explosion !
Le marquis émigra, le baron, en Belgique,
Alla joindre *Condé ;* la jeune République
Marqua tous ces félons de signes proscripteurs ;
Leurs biens furent saisis ; de cruelles rigueurs
Les mirent hors la loi, car leurs mains parricides
Menaçaient leur pays !

XII.

Alors, des gens avides,
Fripons au coup d'œil sûr, dont la rapacité
Pour mot d'ordre avait pris celui de Liberté,
Surgirent de partout! Clubistes sanguinaires,
Pour tuer aux prisons sortis de leurs repaires,
Répandant la terreur par leurs exactions,
Spéculant sur la mort et les proscriptions,
Prêtres vils, trafiquant de leur cruelle idole,
Ces valets transformés eurent le monopole
Du bourreau, de l'exil, de la planche de bois
Sans relâche imprimant pour la France aux abois!
Vos pères en étaient!

A nos cohortes fières
Ils laissèrent le soin de garder nos frontières,
Et *Samson* leur prêtait l'abri de son couteau,
Quand, méprisant la mort, les *Hoche*, les *Marceau*
Dédaignaient leur or vil pour convoiter l'histoire
Et cachaient leurs haillons de héros sous la gloire!

XIII.

Vergniaud avait dit vrai : « La Révolution
» Mangera ses enfants! (7) » Triste prédiction,
Sombre réalité qu'il avait vue en rêve!
Oui, l'on tuait toujours, toujours sans fin ni trêve!
La France alors bouillait; tous les cœurs placés haut
Couraient à l'ennemi, méprisaient l'échafaud....
.... Mais, vos *braves* aïeux restèrent en arrière ;
Ils ne volèrent pas, ardents, à la frontière
Pour sauver leur pays les armes à la main!
On ne les vit jamais en prendre le chemin!
Non! riches de larcins et gorgés de rapines,
Tout imprégnés encor du sang des guillotines,

Ils virent, les prudents, la Révolution
Dévier et tourner à la réaction....
Volte-face, ô pudeur ! Ils changèrent de voie !
Ne leur fallait-il pas sauvegarder leur proie,
Ajouter de la boue à leurs taches de sang,
Se mettre un masque au front et jeter en passant
Cet arrêt du destin à leur dernière idole :
La Roche Tarpéienne est près du Capitole?

XIV.

Thermidor éclata ! Du côté du plus fort
Ils se tournèrent tous et votèrent la mort !
Ils voyaient que, pour eux, l'horizon était sombre,
Que le bourreau n'avait pas encore son nombre,
Que la hache attendait, qu'une expiation
S'apprêtait pour le meurtre et la concussion....
.... Aussi, quand *Tallien* souleva la tempête
Ils se levèrent tous pour garantir leur tête
Et, changeant de côté sans changer de drapeau,
N'en restèrent pas moins fidèles au bourreau !
Quels furent les vaincus de ce jour? *Robespierre,*
Saint-Just, Couthon, Lebas! Et l'on vit un *Barrère,*
Un *Billaud,* un *Collot,* tortueux assassins,
Sombres ordonnateurs des lugubres tocsins,
Se lever, fulminer contre ces fortes têtes,
Contre ces fortes voix qui soufflaient les tempêtes,
Tribuns hardis, penseurs profonds, soldats vaillants,
De notre ciel en feu météores brillants !...
.... Et le couteau faucha l'héroïque hécatombe ;
Ils prirent dignement le chemin de la tombe,
Sans faiblir ! Et l'on vit le stoïque *Lebas,*
Grand homme adolescent que l'on n'accusait pas,
Méprisant ses bourreaux, s'avouer le complice
De ceux que *Thermidor* envoyait au supplice.

« Pourquoi m'oubliez-vous? Je mérite leur sort ;
» Leur crime fut le mien, qu'on me livre à la mort! »
Dit-il.... Mot sans égal que l'histoire répète ;
Un tel mot, quel que soit un passé, le rachète ;
Il fait que les vaincus peuvent être vainqueurs,
Que l'on peut de la mort leur faire les honneurs
Sans entâcher celui qui sera leur partage !
A qui dut son salut la France? A leur courage !
Qui courut la défendre au moment du danger?
Qui fut victorieux? Qui chassa l'étranger ?
Eux toujours! Aussi bien, quand leur époque sombre
N'aura plus sur le front cette auréole d'ombre
Qui la dérobe encore à ses contemporains ;
Quand les siècles futurs, ses juges souverains,
Pourront l'apprécier, je vous le dis d'avance,
Ils mettront d'un côté la sublime constance,
Les *luttes* et le *but* de ces grands citoyens,
De l'autre, les rigueurs qui furent leurs moyens :
Et de ce jugement jaillira la lumière,
La Révolution en sortira plus fière
Et les peuples ravis jetteront, triomphants,
Des fleurs sur les tombeaux de ses nobles enfants !
C'est l'avenir!

XV.

Plus tard, quand l'impur Directoire
Eut contrefait, des rois, le luxe dérisoire
Et chargé de plumets les burlesques tréteaux
Où *Barras* le pourri siégeait avec *Lépeaux*,
On vit, réfugiés dans leurs caves profondes,
Alors qu'ils redoutaient pour leurs trésors immondes,
Sortir tous ces traitants, ces robins, ces faiseurs,
Muscadins de l'an sept, anciens septembriseurs !

Ils se ruèrent tous sur la France obérée,
Préparèrent leurs sacs pour la riche curée
Qui devait les remplir, et mirent à couvert
Leurs déprédations sous le grand livre ouvert !

XVI.

Bonaparte, *consul*, compléta leur fortune ;
L'argent était alors chose fort peu commune ;
Tout manquait, pain, habits, à nos braves soldats ;
Mais vos riches aïeux ne possédaient-ils pas
De quoi faire à l'Etat toutes ces fournitures?
Pouvait-on suspecter leurs poids et leurs mesures ;
Redouter, de leur part, un vol audacieux ;
Ne pas perdre de vue et leurs mains et leurs yeux?...
.... La France consulaire avait, dans la victoire,
L'excuse de payer un peu trop cher sa gloire ;
Elle y regarda peu !

XVII.

L'empire s'approchait.
Bonaparte, *empereur*, vers le trône marchait ;
Le temps lui fit défaut pour soustraire l'escompte
Et pour vérifier exactement leur compte....
.... Il n'était pas d'ailleurs fort éloigné d'avoir
Autour de lui des gens riches et beaux à voir
Jeter sur un tapis l'or à pleine poignée,
Dissiper follement une somme gagnée
En festins, en galas, en faciles amours ;
Mettre au front de Laïs, ces étoiles des cours,
L'or et le diamant ; l'époque impériale
N'eut pas, en se fondant, grand souci de morale,
Elle prit sans choisir, pourvu qu'on eut de l'or,
Et sans s'inquiéter des sources du trésor.
Ne lui fallait-il pas sa gentilhommerie,
Courtisans chamarrés d'un peu de seigneurie,

'Ses valets galonnés, sa garde aux aigles d'or,
Ses pages, ses veneurs, ses chiens, le son du cor,
Tout l'attirail bruyant d'un *auguste* et d'un *sire?*
Ses *comtes* et ses *ducs,* ses *barons* de l'empire?
Vos pères en étaient!

XVIII.

Leur régicide main
Avait naguère, au nom du peuple souverain,
Guillotiné le *roi!* Cette page d'histoire
Etait encor vivante, horrible! Et leur mémoire
En paraissait salie à jamais!... *L'empereur,*
Pour n'avoir près de lui que des.... hommes d'*honneur*,
Créa l'un baron.... de, l'autre duc...., Trois-Etoiles ;
Mais si la vérité soulevant tous ces voiles
Eût pu montrer à nu leur odieux passé,
Le baron, accroupi sur son or entassé,
Eût été le voleur ! Le duc à face oblique (8),
Ci-devant jacobin qui, sous la République,
Exploitait la terreur et criait sur les toits :
« Haine! haine aux tyrans et périssent les rois! »
Eût été l'assassin!... Coiffé d'un bonnet rouge,
Orateur de faubourg pérorant dans un bouge,
Chantant la carmagnole et vêtu de haillons,
Préparant la réplique aux futurs *Trestaillons*,
Il s'était illustré du nom de Sans-Culotte
Et de ses *Ça ira* poursuivait la calotte ;
Il avait profané l'autel et ses trésors,
Pour massacrer le prêtre, inventé mille morts.... (9)
.... Retour heureux! plus tard on le vit à la messe,
Au sermon, au salut... Le dirai-je, à confesse!
Et pieux adorer les anciens dieux brûlés !
Pour leur conversion, vos pères signalés,

Comblés d'honneur, couverts de croix, mis au pinacle,
Purent voir de bien haut arriver la débâcle
Qui menaçait l'empire et dans le droit divin
Placer tout leur espoir !

XIX.

Il luttait, mais en vain !
A bas *Napoléon* ! Ce conquérant du monde
Dans le gouffre du temps fit sa chute profonde ;
Et le... voyant perdu, vos pères en émoi
Voulurent, inquiets, bien savoir si leur foi
Pouvait continuer à soutenir un homme
Issu de la révolte et que condamnait Rome ;
Ils tournèrent au *blanc* et vers le *Désiré*
Portèrent un serment si souvent déchiré !
Ils craignirent pourtant, douteux propriétaires,
Qu'on ne voulût savoir d'où provenaient leurs terres
Qui sentaient un peu trop la Révolution ;
Mais aux dépossédés la Restauration
Jeta son milliard ! et ces hommes sinistres,
Conservés dans leurs biens, furent, les uns, ministres,
Les autres, ducs et pairs et certains, députés
Votant le plus souvent avec les exaltés....
.,.. Et la mort les surprit dignes, calmes, austères,
Catholiques fervents... bénis... millionnaires !
Un prêtre fut mandé pour leur fermer les yeux,
Mais, voix inattendue en cet instant pieux,
Un démon familier leur criait : *Louis Seize !*
Mêlait aux chants divins la rauque *Marseillaise*
Et semblait rappeler à leurs derniers moments
Toute leur infâmie et tous leurs faux serments !

XX.

Ils sont morts ! et je laisse à la voix de l'histoire
La grande mission de juger leur mémoire !

Ils sont morts! C'est à vous, leurs fils, qu'il appartient
De conjurer, pour eux, l'intègre historien
Et de faire oublier la carrière avilie
Qui vous avilirait aussi, car le sang lie!
Et l'honneur vous indique un devoir à remplir!
Par un moyen certain vous pouvez l'accomplir!
Réveillez-vous, sortez enfin de votre ornière,
A la *Liberté* sainte empruntez sa lumière;
Faites qu'en votre cœur règne l'*Egalité;*
Souvenez-vous toujours de la *Fraternité!*
Ces trois mots sont pour vous une règle tracée;
Par eux l'humanité, d'espérance bercée,
Va sans cesse au progrès et des temps plus sereins
Pour elle arriveront, soyez-en tous certains!
Car, rien n'arrêtera la force de l'idée;
Elle marche toujours! Par la raison guidée,
Sans contre-coup sera sa douce éclosion,
Elle sera volcan sous la compression;
Mais, pour un jour donné, sa victoire est certaine!
Croyez-le bien!

XXI.

Le sang qui rougit votre veine,
Qu'est-il donc, après tout? Grands ou vils, vos aïeux
N'étaient-ils pas du peuple? Allons donc, orgueilleux!
Leurs noms ne sont-ils pas dans toutes les mémoires?
Je vous l'ai déjà dit : vos douteuses histoires
Implorent le pardon! Expiez! expiez!
N'avez-vous pas besoin de toutes les pitiés?
A genoux! à genoux! car, immobile et sombre,
Un juge, l'avenir, est là, caché dans l'ombre!

1864.

NOTES.

---

(1) Victor Hugo. — *Hernani*, premier vers du monologue qui clôt le premier acte.

(2) *Ici l'on danse.* affiche apposée sur un poteau le 14 juillet 1789 après la prise de la Bastille.

(3) A dater du retour de Varennes, Louis XIV fut gardé à vue aux Tuileries.

(4) Le palais des Tuileries a été fondé sous le règne de François Ier.

(5) Après le 21 janvier, la Convention nationale brûla ses vaisseaux. Ne fallait-il pas par des mesures révolutionnaires sauver la Révolution et la France ? — Que de misérables exploitèrent alors la Terreur (nécessaire à ce moment) pour s'enrichir ; que de valets cupides profitèrent des circonstances pour dénoncer et dépouiller leurs patrons ? — De nobles exceptions se produisirent pourtant au grand honneur de l'humanité.

(6) Celle aux assignats.

(7) La Révolution fera comme Saturne ; elle dévorera tous ses enfants !

(8) Sans personnalités aucunes, — exception surtout faite de tous les héros qui ont si grandement honoré l'empire et qui avaient illustré la République, — la goutte d'eau la plus pure ne contient-elle pas une partie de fange ?

(9) L'idéal de cette catégorie d'hommes ne serait-il pas réalisé par Fouché de Nantes, duc d'Otrante, etc. ?

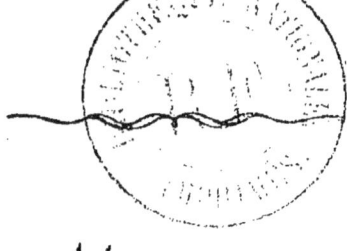

14

www.ingramcontent.com/pod-product-compliance
Lightning Source LLC
Chambersburg PA
CBHW070909200626
46818CB00006BA/2447